D1718848

Lyrik aus dem Sperling-Verlag

© 2013 Sperling-Verlag, Nürnberg
www.sperling-verlag.de
Alle Texte
© bei den Autoren
Coverbild
© Bernhard Schwarzwald
Umschlaggestaltung
© Perdita Klimeck

Gedruckt in Deutschland
1. Auflage
ISBN: 978-3-942104-24-1

An Tagen wie diesen

Lyrik

stille ist eingekehrt

und legt sich wie ein tuch

auf alle mauern -

was der tag gebrochen

erscheint nun unversehrt

Inhalt

Liebe Leserin, lieber Leser,

kein Tag gleicht dem anderen. So mancher ist hell und freundlich, voll überschäumender Laune. Ein anderer wickelt sich in ein graues Kleid und leistet düsterer Stimmung Vorschub.
Von eben diesen und auch jenen Tagen erzählen uns die Autoren im vorliegenden Lyrikband mit ihren Gedichten.

Der Sperling-Verlag freut sich sehr, Ihnen diese wunderbare Vielfalt lyrisch betrachteter Tage präsentieren zu dürfen.

Im Vorübergehen

Tote Blätter sah ich fliegen,
Flocken fielen, silberweiß.
Sah das Korn im Feld sich wiegen,
Sonnenstrahlen hell und heiß.

Sah am Morgen in der Frühe,
Äste schwer am Baume wanken,
Vögel die mit großer Mühe,
ihren Tau begierig tranken.

Schmetterlinge sah ich irren,
von den Feldern kam ein Ton,
wildes scharfes Sensenschwirren,
blutrot starb ein junger Mohn.

Ein Tag in seinem blühend Kleid,
mit aller Schönheit Segen,
trägt ein Gesicht der wechselnd Zeit,
mal sanft und mal verwegen.

Millionen Tag hab ich gesehen,
im Ruhen und im Wehen,
und alle leben sie,
selbst im Vorübergehen.

Augenblicke

So viele Tage sind mir nah,
und viele konnten mich beglücken,
den schönsten, den ich jemals sah,
sah ich in deinen Blicken.

Zukunftsmusik

Schwingende Erdbeernoten
ins fruchtlose Leben kleben.
Aufgenommen durch Stimmgabeln der Lüste.
Tortengussversüßte Notenschlüssel umarmen.
Die strippende Seele zum Tanz
mit den Launen der Empfindungen bitten.
Bunte Gedankencocktails an der Sonderbar
des Lebens schlürfen.
Die Hoffnung ergreifen,
die wartend auf der Bettkante sitzt.

Ergreifen und ergriffen sein

Nenoisulli

Wachsindianer
Handverlesen
Schmelztiegelkonsistenz
Mächtiges Herz gemartert
Am Pfahl

Falsche Fährte
Verwischte Spur
Spiegelverkehrte Illusionen
Schlechter Film

Feuer
Wasser
Schwarzweiß
Kriegspfeife ausgegraben
Friedensbeil geraucht

Blick zurück
Verbindung gesucht
Rauchzeichen verduftet

Wandelhalle

All das Schöne, Gütige, Warme
wie selbstverständlich es sich fühlt
nur wenn ein Schmerz so jäh sich breitet
in Gedanken Dunkel gleitet
grämend sich die Seele wühlt

So sind die Götter bald vergessen
so sehr ihr Schrei im Leeren hallt
wo ist, wer ihm das Licht versprochen
stumm er sich im Leid verkrochen
schaut er zu durch schwindend´ Spalt

Kräfte scheinen weit gewandert
und was bleibt, fühlt sich ganz karg
fernt sich jeglich´ Sinn im Sein
taut das Wesen sich so klein
welches einst den Glauben barg

Soll am Ende es noch hoffen
Auf den Wandel – Zeitenlauf
Faltet betend sich sein Tuche
ab sich wendet all dem Fluche
steigt erneut zum Lichten auf

Wanderer

Still – wie schleiernd gleitet sie
Erschöpfung meiner Welt
legt den Ernst in tausend Ritzen

Ach, was fühl´ ich
so wär´ dies Gestern nur
blassbunt geträumt
leise klingend mir den Geiste regt

Wo bin ich, die ich doch gestern erst noch war?

Wie nur kann ich mir den Traume ketten
flüchtig morgener Nebelhauch
sich schwinded in dies´ tränende Gefühl

So sitz ich hier zu gestriger Stund´
wie all diese flüchtigen Tage
all die wandernden Gezeiten
auf dieser meiner bleibend trauten Bank

Schicke ihn weit in fernes Gleiten
sehnenden Blick
suche Trost und Halt in jedem
neugeborenen Moment
als wär´ nur er des Augenblickes einziger Meister
verlierend seiner Züge,
verlassen im Kosten zerronnener Gestalt

Sinn, so frage mich
Was nur vermocht´ ich nicht begreifen
weiß mein Verstand doch
um alle Wanderwege
Doch dies Herz begleitet Klagelieder
fesselt sie zur Schönheit – jene Zeit

© Maja Weigerding

19

Landstraßennacht

Nebelschwaden hoben kurz die Köpfe,
blickten klarsichtig durch mich hindurch,
gläsern, dachte ich, ist so offensichtlich,
was ich fühle? Tauchen Tränen nicht
im Regen unter – duckmäuserisch.
Ich stecke ihre weisen Ratschläge ein,
trage das bevormundete blaue Auge
kopf-hoch der Nacht entgegen und
halte die Sterne an, einen Augenblick
lang nur für mich zu leuchten.

Wintertag

Kalt ist der Tag,
schwer wiegt
noch die Nacht –
und Schleierwolken
ziehen tiefe Kreise.
Nur ein Uhu zieht
einsam seine Runden,
weil nachtaktive Mäuse,
Tagwache schieben –
auf dem leeren Feld.
Der ferne Vollmond
ist dem Horizont
so nah und geht doch
niemals unter,
bleiche Kreidezeit.

leer – zeichen

ich kann mich
nicht mehr denken
nicht nach innen
nicht nach außen
noch nicht mal
um die ecke

der rasen ist grün
blut ist rot
der himmel blau
ein schwarzer rabe
springt über
weißes papier
und dein kuss
-
schmeckt
bitter

Am Fenster

So blau der Himmel über mir,
verziert mit federzarten Strichen.
Die Sonne, gerade erst erschienen,
sie lässt das Weißgemisch am Horizont
in einem Farbenrausch erstrahlen,
der seinesgleichen sucht.

Ein graues Band durchzieht das Weit.
Noch ist es fern, ich kann´s nicht deuten.
Dann hör ich über mir das Rauschen,
ein Ton aus hundertfachem Flügelschlag.
Durchbrochen nur von rauen Schreien,
sie künden mir den Herbst.

Der Blick auf meine kleine Stadt,
auf all die Straßen und die Dächer,
die feingezeichnet vor mir liegen,
setzt in mir ungeahnte Sehnsucht frei.
Mich über diese Welt zu schwingen,
die heute so berührt.

Vielleicht nimmt mich ein Kranich mit,
trägt meine Wünsche in die Ferne.
Und so beseelt von den Gedanken,
bleib ich, ein Weilchen noch, am Fenster steh´n.
Die Kraniche sind längst verschwunden.
Mein Traum, lebt noch in mir.

Begegnung

Die Schnecke saß auf einem Blatt
von meiner Petersilie.
Ich schimpfte sie, da kroch sie schnell
hinüber auf die Lilie.

Die Lilie schmeckte ihr wohl nicht,
sie schaute sehr verdrossen.
Den Blick von ihr hab ich noch lang
im Liegestuhl genossen.

Des Nachts, wo alles schlief wie tot,
da schlich sie Richtung Flieder.
Dort war des Nachbars Gurkenbeet -
zu mir kam sie nie wieder.

Wortspiel

Mit Anstand
nahm ich Abstand
vom Aufstand
und suchte Beistand
am Bierstand,
wo mein Verstand
den Umstand
nicht überstand.

Herbstanfang

Der erste Frost:
verreifte Gedanken.
Nebel, kein Lichtstrahl dringt zu mir,
auf meinen Weg, um mich zu leiten
durch das Labyrinth der Irrwege
zwischen Erinnerung und Vergessen.

Ist es wirklich so lange her,
dass sich die Weite vor mir öffnete?
Dass mein Blick an keine Grenze stieß,
ich Ewigkeit atmete, kein Ende in Sicht –
Ich, im Zentrum des Frühlings,
umflossen von Sonnenkaskaden.

Der Frühling liegt hinter mir,
nur noch sepiaverblasste Erinnerungen.
Weißt du noch: Es war einmal
Der erste Frost:
verreifte Gedanken.
Wann kommt das Herbstlicht?

© Anke Höhl-Kayser

26

Wenn du und ich

Wenn du und ich im Sonnenlicht
durch Frühlingswälder streifen,
das Wolkenherz im Gleichgewicht,
und die Gedanken schweifen,

ist jede Last, auch noch so groß,
ganz windleicht aufgestiegen.
Wir binden unsre Träume los,
dass sie ins Blaue fliegen.

Sie treiben selig übers Land
auf Blütenseglerpfaden
und finden schließlich ihren Strand
an Fantasiegestaden.

Ich halt die Zeit an, und du lässt
es einfach nur geschehen.
Wir halten diesen Tag ganz fest,
dann kann er nicht vergehen.

Erste Liebe

Mohnfelder im Gegenlicht.
Chromatik der Dämmerung.
Zitternde Wörter
im Sommerwind.
Pusteblumensamen
zwischen den Zähnen.
Ab und zu
synchroner Sternensturz
am Firmament.
Einen Herzschlag lang, Zögern.

Die Lippen finden sich
im Lichterdecrescendo.

offline

online jetzt komm nimm photoshop
wenn unsere werte
an kontur verlieren
ein mausklick und
ich stell dir die schatten schärfer
als unsere gedanken es sein sollten
verändere meine farbpalette
wenn der kontrast zwischen uns
unschärfer wird

wir denken uns viel aus nicht nach
gehen raus um gemeinsam allein zu sein

nicht heute komm wir machen eine spritztour
alles so clean hier
hab mir die natur längst in den tank geholt
setz den blinker mach mir luft wir steigen aus
dreh dich mal um
unsere welt
gespeist aus starkstrom
hey lach mit uns
über alles
wir strahlen um die wette
heller höher weiter

stromausfall

Winterstadt

Es war einmal ein Mädchen,
Das aus der Stadt verschwand.
Es hatt' ein kleines Lädchen
Für Hut und Seidenband.

Beim Heimweg ist sie abgebogen
An dem falschen Haus -
Von irren Lichtern angelogen,
In die Welt hinaus.

Zu schwach und auch zu zart,
Kalt die bleichen, runden Wangen,
Atemfrost erstarrt,
In dem Winterweiß gefangen.

Es war einmal ein Mädchen,
Das aus der Stadt verschwand.
Es hatt' ein kleines Lädchen
Für Hut und Seidenband.

Das Karottenmahl

Das letzte Mahl auf der Titanic -
Stunden vor der Eisbergpanik -
War orange im fünften Gang:
Wer die ersten vier bezwang,
Aß dann auch Karotten munter.
Ein paar gingen gesättigt unter.

verloren

hab schon vor tagesanbruch
das heute verglichen
mit meinem gestern
und all den anderen heutes
die meine geschichte streiften

heute hat es verloren

im spiegel

auch dieser tag
reckte und streckte sich
vor dem spiegel
seiner erinnerung
an gestern
und hoffte
bereits leidgeprüft
auf ein besseres morgen
kurz bevor er sich selbst sah
im spiegel
der eigenen augen

Die Fratze der Zeit

Mit meinen gelben Lippen
versuche ich
Form anzunehmen,
dass der dichte Rauch,
der ihnen entweicht,
Gestalten malt.

Windstill
lauert sie,
die unheilvolle Nacht;
doch ich bin allein,
einsam,
gelehnt an eine Straßenlaterne,
zu alt, zu müde, der matte Schein;
die Novemberabendluft
umwebt mich, betäubt mich,
lässt mein Denken wuchern.

Doch ist es die Fratze der Zeit,
die mich am meisten mitnimmt?
Nein.
Ich habe bereits vergessen,
was es heißt, Zeit zu schinden,
atme tief –
Das Vergessen lullt mich
tiefer ein als jeder Schoß –

Doch vielleicht
wird sie 's ja sehen,
wie mein fader Mund
im Rausch des Nikotins
ein wenig
zuckt.

Mudda Witze

An Tagen wie diesen
verwechsle ich den WC-Reiniger
mit der neuen Mundspülung im Angebot,
male statt roten Herzen
einen fies grinsenden Kobold
an die gelbe Blümchentapete,
die ich lila angestrichen hab.

Aus purer Lebenslust
sag ich den Kindern,
dass man in Unterhosen durch die Gegend rennt:
Bewerbe mich als Modeberaterin.

Lauthals gacker ich und erzähle
unkultivierte
Deine Mudda-Witze.
Am Abend singe ich dann davon,
wie sehr mich Whisky inspiriert.

Sonn|abend

Wenn frühe Sonnenstrahlen strahlen,
bleibt manchenorts im Ungewissen,
ob diese nur am Morgen prahlen,
um sich gen Mittag zu verpissen.

Doch hat die Sonne hell und heiter
die letzten Wolken weggeschoben
und scheint dann ohne Pause weiter,
kannst du den Tag am Abend loben.

© Didi Costaire

Lebenstanz

Mein Leben eilt, als wollt' es zeigen,
dass jede Stunde doppelt zählt.
Hab richt'ge Wege ich gewählt
dort, wo die Wege sich verzweigen?

Mir war ein Tempo stets zu eigen,
das mich so manches Mal gequält,
mich mit der Ungeduld vermählt.
Ich fügte mich in diesen Reigen.

Doch heute, beim Nach-innen-Neigen,
bin ich für diesen Blick bereit,
der mir beweist, dass meine Zeit –

so kurz und eng und dennoch weit –
das Eine ist: die Ewigkeit.
Und dankbar falle ich in's Schweigen.

© Inge Wrobel

Marlens Traum

Vor der Wand war alles laut,
geschäftig, immer strebend.
Der Tag war seiner Nacht beraubt
und eins im andren lebend.

Hinterm kalten Glase scheint
die Zeit der Welt gefroren.
Ruh' hat Tag und Nacht geeint,
doch Bella spitzt die Ohren.

Der alte Puls des Lebens fehlt,
wo Stimmen früher klangen.
Doch hier scheint alles altbelebt -
im stillen Glas gefangen.

© Max Heckel

Freitag

Er hat mich sanft an den Schultern gerüttelt
– es war morgens gegen acht – .
Er hat mich aus meinen Träumen gerissen,
aus meinen weichen Daunenkissen.
Ein neuer Morgen – vorbei war die Nacht.

Er stellte sich vor, sagt das „Freitag" er hieße
– na, wunderbar habe ich gelacht.
Das Wörtchen „frei" hat er stark betont
(für mich war's ein bisschen ungewohnt).
Na gut, mein Lieber – abgemacht:

Heute werde ich mir die „Freiheit" nehmen,
zu tun was immer mir gefällt.
Frei will ich sein von Kummer und Sorgen,
frei von Gedanken an kommenden Morgen,
frei von der Unbill unserer Welt.

Freya erobert meine Gedanken,
die fruchtbar-sinnliche Göttin der Ahnen.
Mit Fruchtbarkeit hab ich nichts mehr am Hut,
aber sinnliche Liebe, die wäre gut!
Nicht nur für die alten Germanen.

Komm mein Liebster, ich möchte küssen,
ich möchte an mein Herz dich drücken.
Lass mit der Göttin uns erleben,
wie wir dem Himmel entgegen schweben
und tausend schillernde Blüten pflücken.

© Gerda Winter

Albtraum

Unüberschaubar
legen Ereignisse
neue Spuren.
Weben am Netz
komplizierter
Strukturen.

Finstergestalten lauern.
Suchen nach
erkrankten Seelen.
Ängste greifen
im Dunkel nach
atmenden Kehlen.

Hoffnung sehnt sich
nach Tagen
kristallener Klarheit,
wenn lichthell leuchten
die Wege
verborgener Wahrheit.

Tagtraum

Spür mich heute
wer ich dir sein kann
fühl dich
verschmolzen

jetzt und in mir
beherrsche die Schatten
und das Licht
in meinem Sturm

Eine E-Mail an Dich

Ich möchte Dich so gern erreichen.
Schon schreib ich sehnsuchtsvolle Zeilen.
Ich möchte übers Haar Dir streichen
und in Deinem Arm verweilen.

Ich liebe Dich.
Ich schreibe Dir.
Auf dem Bildschirm:
Error. Vier-Null-Vier.

Es ist, als könnt ich Dich schon spüren.
Ich spüre wieder dieses Strömen.
Ich möchte mich in Dir verlieren.
Ach, muss ich das denn noch erwähnen?

Ich liebe Dich.
Ich schreibe Dir.
Auf dem Bildschirm:
Error. Vier-Null-Vier.

Doch statt Deiner streichle ich die Tastatur.
Doch statt Dich berühr ich nur die Maus.
Ich sitze hier. Ich tippe nur.
Dann wird der Bildschirm schwarz. Und aus.

Ich liebe Dich.
Ich schreibe Dir.
Auf dem Bildschirm:
Error. Vier-Null-Vier.

- page not found -

Sommerglück

Provence,
dein blauer Blick,
Lavendelfelder,
der Sonne Glanz
in deinen Flammenhaaren,
als wir dort Wandrer waren,
auch Suchende
nach kleinem Glück.

Des Mistrals Rauschen
kühlte nicht die Glut,
und wilder Rosen Duft
sang in der Luft
und tat so gut.

© Ingrid Herta Drewing

Der ewige Herbst

Draußen bläst der Herbst
die kürzer werdenden Tage
meines Lebens
Richtung Winter,
wirbelt die Jahre
durch die Luft
und nimmt mir
die letzten Früchte
aus den Lenden.
Bald werde auch ich
meine erstarrten Knochen
in obszöner Kahlheit
zum Himmel
strecken.

Der mir bestimmte Tag

Ein mir bestimmter Tag
begann mit meines Herzens erstem Schlag.
Ich wusste nichts, spürt´ mich noch kaum,
reift erst heran – Vorlebenstraum!

Ein mir bestimmter Tag?
Als ich an meiner Mutter Herzen lag!
Sie machte jeden Wandel mit,
vom ersten Schrei und erstem Schritt.

Ein mir bestimmter Tag
ging später ein in mich ganz ohne Frag,
als ich vor Sehnsucht überfloss
und ein starker Arm mich fest umschloss.

Ein mir bestimmter Tag?
Ich´s immer noch verklärt hier sag:
Zur Mutter war ich auserkoren,
als neues Leben ich geboren.

Der mir bestimmte Tag
auf Fahnenmast als Spitze rag …
Licht vorbei, es kommt die lange Nacht.
Mein bestimmter Tag – der ist vollbracht.

©Tilly Boesche-Zacharow

48

Kurz davor

In diesem Haus,
wo ich einst lebte -
meine Jugend verbrachte -
scheint es noch
als höre ich Nachbarn,
wie sie miteinander reden,
als würde ich sie
nur nicht sehen.
Erinnerungen an die
gute alte Zeit,
die schon verloren
scheint.
Und doch ist sie
nicht ganz tot.
Noch nicht.

Ich sehe die Bagger
wie sie hungrig nagen.

du ortest mich verborgen

du ortest mich verborgen
im dichten blätterzelt
licht schimmert durch die kronen
weit offen liegt die welt

du ortest mich verborgen
im sommerblumenhort
schmetterlinge überall
leicht ziehen wolken fort

du ortest mich verborgen
beim alten eulenturm
kerzenschimmer harfenton
fern läuten glocken sturm

du ortest mich verborgen
im gülden festgewand
am himmel ganz weit oben
kometen in der hand

Im Mai

Diese lange, schmale,
diese lange ... Hautbarriere
eine Reihenfolge von winzigen
Ausschnitten, bittersüßen Salzperlen
mit menschlichem Geschmack.
Ich schmachte nach den Poren deiner Zunge!
Entbehrliche Pausen
von Küssen, von Küssen des Sinneswandels,
von Durchgehen der Gefühle
auf der letzten Bettblume der Welt.
Widerstandslos dämmert es mir:
dein Mund ist der Tag
und ich bin die Wiese.
Im Mai.

Sterbender Tag

Wenn Wolken
Wie zähflüssiger Honig
In Waben wandern
Erscheint das Firmament
Golden
Zu Grabe getragen

Der Tag stirbt
Im Donner

Um sich ein paar
Wimpernschläge
Später zu erheben

Fliegende Bauten
Rasten an
Feuchtverwurzelten
Grashalmen

Die Luft beginnt
Zu tänzeln

Wir atmen
Langsam auf

Stumme Zeugen

in meinen vier Wänden
atme ich
einhundert Jahre

vor dem Fenster
zum Hof
pausiert die Zeit

eine Birke
wiegt sich im Wind
berührt zärtlich
bröckelndes Mauerwerk

stumme Zeugen
eines Jahrhunderts

altersschwache Gebäude
vom letzten Weltkrieg
verschont
ergeben sich dem Kapitalismus

nur unter meinen Füßen
knarrt der Dielenboden
als wolle er aufbegehren
gegen die Untaten der Menschheit

Tage wie jeder

Gestern, als ich die Zeitung aufschlug
und mir wieder eine
dieser schwachsinnigen Titelzeilen
ins Gesicht sprang,
da wusste ich,
es wird erneut einer der dumpfen Tage
die sinnlos an mir vorüberziehen,
ohne im Hirn kleben zu bleiben.

Einer dieser tauben, tristen Tage
von denen es sowieso schon zu viele gab
und an die man sich später
ohnehin nie erinnern würde.
Einer jener endlos zähen Tage
durch die man sich nur quälte,
weil einem nichts anderes übrig blieb –
eben ein Tag wie jeder Tag
in meinem Leben.

Plante, wie so oft -
endlich erfolgreich meinem Leben
den ersehnten Sinn zu geben
und wirklich etwas Besonderes zu leisten.
War, wie von Sinnen,
entschlossen, etwas zu ändern –
doch es änderte sich nichts.
Wie an jedem verdammten Tag.

Werde wohl morgen wieder
die Zeitung aufschlagen.

Farblehre oder Farbleere

Ich sah schwarz,
um nicht rot zu sehen,
denn es war alles
wieder dasselbe,
nur in grün.

Grauer Alltag,
ich mach heute blau.

glückliche tage

die hoffnung leuchtet letztsterblich
im lichtflimmern der nachmittagssonne
glückspilze sprießen halbsowichtig - schwergewichtig

segeln des aufbruchs knattern im wind
antworten warten
im schweigenden grün
der noch nicht
gedachten bäume

Wut

Deine heiße Wut
hat mich eiskalt erwischt.
Zwischen Mittagessen und Abendbrot,
hast du mich redegewandt
wortlos abgespeist.
Das Dessert essen wir
in getrennten Räumen -
gemeinsam.
Morgen kochen wir einzeln
unser Süppchen
und würzen kräftig
eine Prise Zynismus mit hinein.
Dann verschließen wir sorgsam
Gefühlsreste im Gefrierfach
der sogenannten Freundschaft.

Mögen sie die Zeit überdauern.

Seelenblick

Ein Tag, der Klarheit lebt, behend und mild,
schließt mit gewähr'nder Zeit erflog'nen Bund.
Gen Himmel - Wuchs sich reckt zu hehrem Bild.
Im Tröstungswillen schwelgen Sinn und Grund.

Des Auges trautes Finden wirkt verklärt.
In schier gewahrbar weh'ndes Seinsgeschick,
das prachtumwunden von Gedanken zehrt,
vertieft sich wesensbang der Seele Blick.

Melodie lautloser Tage

Die schnulzigen Geigen des Traums
sind verklungen
ihr Echo chaotisches Hilfsgeschrei
im Morgen der Seele

Es steht dem Erwachenden
das phantastische Wasser der Liebe
urplötzlich bis zum Hals

Es mischt zähen Morast
auf dem wohlgeebneten
Pfad des Tages

Es breitet seinen nasskalten Mantel
für alle anderen unsichtbar
über die wärmsten
Stunden der Nacht

Es ist das Rauschen,
das Kreischen im Ohr aller Gebenden
um deren Geschenk niemand weiß,
deren Paket niemand öffnet

außer den tieffingrigen Häschern des Schlafs

© Dorian Alt

Pssht!

steckt man den Kopf
kaum
unter der Decke hervor
aus Angst
sie könnte einem
darauf fallen

Stattdessen
bleiert die Zeit
vor sich hin:
Mono Ton
Laut Los
Atem Los

Nur flüstern
kaum
sich regen
bloß
keine Geister wecken

Guten Morgen, kleines Unglück

Rasch heut morgen aufgestanden,
und da sitzt ganz aufgeweckt,
ein kleines Unglück, nett und freundlich,
und hat so manches Ding versteckt.

Nicht nur Pulli, Uhr, Pantoffeln,
auch der Wecker, der steht still
und der Kaffee sprengt die Tasse –
ich frag' mich, was das Unglück will.

Das Missgeschick, das lacht ein bisschen
und schaut mir kichernd ins Gesicht.
"Ich mag Dich einfach in der Hektik,
denn hast du Zeit, siehst du mich nicht."

Aha, denk ich, das ist es also,
der kleine Schelm war ganz allein.
Ich setz mich zu ihm und sag dann:
"Du kannst bei mir zu Hause sein."

"Bist du dir sicher?", fragt es fröhlich,
springt und tanzt und freut sich sehr.
Ach, dann sagt es mir noch eines:
"Du hast auch keinen Kaffee mehr!"

Nun, was soll's, es bleibt jetzt hier,
was hab' ich mir nur angetan!
Ich schmunzle dann und lache einfach -
Tage wie diese sind auch mal dran.

Festtagsgelüste

Da liegt sie vor mir und ist nackt,
sie lädt mich ein zum Naschen.
Die Gier hat mich bereits gepackt,
doch ich muß mich erst waschen.
Vor kurzem noch im weißen Kleid
lief sie ganz stolz alleine .
Jetzt ist sie heiß, ein knusprig` Ding,
und zeigt mir ihre Beine.
Sie riecht so gut, ihr irrer Duft
betört mich, ich will hoffen,
dass ich mit ihr die richt`ge Wahl
hab` heut` am Tag getroffen.
Am liebsten möchte ich sofort
den Mund in sie versenken,
mit meinen Zähnen immerfort.
Was mag sie von mir denken?
Jetzt fasse ich an ihre Brust,
ich nehme beide Hände.
Wenn mich ergreift die große Lust,
dann finde ich kein Ende.
Da liegt sie nun und rührt sich nicht,
die Beine hoch gehoben,
die Weihnachtsgans, mein Leibgericht,
die will ich hiermit loben.

© Ulrich Lanin

Eichendorffs Albtraum

Der Markt beherrscht das Bild der Straßen:
Schrill erleuchtet jedes Haus.
Sinnend geh ich durch die Gassen,
alles sieht so kitschig aus.

Hinter Fenstern sitzen Kinder,
sind so wunderstill beglückt:
Denn das Christkind hat nicht minder
teures Kriegsspielzeug geschickt.

Ich kehr´ der Glitzerwelt den Rücken.
Wand´re raus ins freie Feld.
Hör es klingeln – eil´ges Drücken!
Ist total vernetzt, die Welt!

Sterne hoch die Streifen lagen,
die die Jumbo Jets gezogen.
Viele Menschen sind vor Tagen
dem Weihnachtsfest davon geflogen!

Denn Bitternis und Leere
steigt aus der Menschen Einsamkeit:
„Wenn es doch wie damals wäre!"
Und für Gnade wieder Zeit.

Pizza und Weiteres

Einen Ohrring verloren
Während des Unterrichts
Kinder haben es nicht gemerkt

Außerdem
Pizza gegessen
Ganz gut

Ganz schlecht
Des Weiteren
Der Anruf
Nun, es funktioniert doch nicht

Der Beschluss meines Vaters
Wieder zu gehen, zu dieser anderen Frau
Mach doch, mach doch was du willst

Erschrocken dagesessen
Gehofft, dass mich jemand findet
Hat niemand

Heimgelaufen
Handyshop
Wut verspürt
Denkt ihr, ich bin ein Spielzeug?

Sms vom Verflossenen
Hast du einen Freund?
Das geht dich einen Dreck an
Bildet ihr euch wirklich ein, ihr könnt alles mit
mir machen?

Dusche, warmes weiches Bett
Katze gestreichelt
Ohrring abgenommen, der nicht verlorene
Gedacht, ihr könnt mich alle mal
Gedicht geschrieben

Muttis großer Tag

Er ist nun heute endlich da:
Muttis großer Tag!
Ich kaufe ein paar Gerbera,
die sie so gerne mag.

Dann putze ich die Schuhe blank,
weil sie sehr darauf achtet.
Ich gehe auch noch rasch zur Bank,
von Eifer ganz umnachtet,

und kaufe schnell mit diesem Geld
ihr einen neuen Duft.
Ich hoffe, dass er ihr gefällt,
sonst bin ich für sie Luft!

Und dann backe ich auch noch
ihren Lieblingskuchen.
An einer Seite ist ein Loch?
Ich musste ihn versuchen ...

Vor ihrer Türe steh ich dann,
hab Angst vor ihrem Lästern.
Sie fährt mich auch prompt wütend an:
„Mein großer Tag war gestern!"

© Monika Kubach

Blütenlos

dort
wo sich eine Mauer
vor die andere schiebt
und begrenzende Sprache
selbst deine Hände bindet
wo auch das Licht
dein Gesicht in den Schatten legt
wo Liebe schmilzt
und nur das Eis
tiefe Wurzeln hat
suchst du
auf flüchtenden Straßen
in der Gegenwart
nach Vergangenheit
im Gestern
das Morgen

Frühlingsqualen

Frühling, halt doch mal den Rand!
Tiefe, abgrundtiefe Klüfte
Reißt er auf mit grober Hand
Tief in mir. Und schon
Spüre ich beklommen
Ach, den feinen Sehnsuchtston,
Frühling, nimmermehr vermisst,
Dir wollt' ich entkommen!

Brechende Eichen

An Tagen wie diesen
die Augen zuschließen!
Vergessen die trüben
Gedanken? In Schüben

entleeren sich Wolken!
Sie glänzten einst golden!
Die Schwere der Strahlen,
erdrückende Farben.

Vergangene Düfte:
die himmlischen Küsse.
Die Lichter verbleichen.
Wie brechende Eichen

die Hoffnung der Menschen.
Den Willen bekämpfen,
sich wehren mit Händen,
den Atem verschwenden!

Vergebens die Mühen,
das Triste der Lügen!
Dem Leben entfliehen
an Tagen wie diesen.

Taucher

Und es fiel mein Tag
fiel in Deinen
wie ein Taucher
rückwärts ins Meer.
Tropfen summen.
Untergehen.
Blau ist die Welt.
Du bist blau.

manchmal

manchmal
bewirft mich das leben
mit steinen

ich hebe sie auf und baue etwas

manchmal
eine hohe mauer um meine seele
manchmal
eine treppe in meine dunkelheit
manchmal
einen leuchtturm in mondloser nacht
manchmal
eine brücke zu meinem herzen
manchmal
aber möchte ich die steine
dir überlassen

damit du daraus ein haus
für uns baust

© Eva Meierfels

Träume treiben

Träume treiben
Träge durch die Dämmerung
Nebel gleich
Sinne trübend
Und geisterhaft,
Ohne Halt.

Eine Seele hadert
Mit sich und allem
Uneins und zerrissen
Zwischen Raum und Zeit
Schlafsuchend, trunken
In der Dunkelheit

Ein stilles Auge wacht
Einsam in der Kälte
Ersehnt den Morgen,
Hoffnungsvoll.
Doch Schatten wachsen still
In die Qual der Nacht.

Träume treiben
In die Sterne
Dorthin zwar
Wo niemand sie erkennt
Neue Samen säend
In ungeahnten Gründen.

Magie des Regens

Regen umhüllt sie
macht sie unsichtbar
für die Welt

Gedanken werden Worte
Sehnsucht wird gestillt
Prinzip wird abgelöst

Ihre Körper
warm und feucht
gleiten ineinander

Nur noch die Regentropfen
hämmern kontrolliert
aufs Autodach

Ich lasse   beim Gärtner
viele schöne bunte Sträuße binden.
Auf dem Markt habe ich Spargel
und eine Schale Erdbeeren gekauft.
Beim Apotheker gab es den
„Gute Laune Frühlingstee".
Das ganze alles nur, weil
unser Frühling so
unglaublich viel
Frische
hat

.

Du und Ich

Lamento

Wie oft wird diese Wolke noch stürzen
Ich verschwende mich wieder selbst
Der Regen kann dich nicht abwaschen
Von meiner Haut und meinen Tränen

Mein Herz verloren und verschluckt
Sag' nicht, es wäre nicht mehr wichtig
Ist es zu spät sich schuldig zu fühlen
Oder etwas Liebliches zu verlieren

Die Tage schmecken nach Zitronen
Und Träume sterben in meinem Kopf
Dabei fällt die Krone der Märtyrer tief
Werde sie mir niemals mehr aufsetzen

Der vollkommene Tag

Dreiundneunzig lange Winter
Hat sie die laute Welt geliebt
Manche Träne stand dahinter
Und viel Liebe, die ihr blieb

Sie sitzt still am dunklen Fenster
Dicht umhüllt von warmem Vlies
Sieht die toten Nachtgespenster
Die ihr das Leben übrig ließ

Sie hört ihr Rufen, lächelt leis
Freut sich über das Willkommen
Sie ist sich sicher, was das heißt
Fühlt die Zeit für sich gekommen

Das Schwarz erbleicht im Morgenlicht
Der Himmel lässt ihm keine Wahl
Nacht verliert, denn ihr Gesicht
Erreicht der erste Sonnenstrahl

Sanft, einem zarten Streicheln gleich
Berührt die eingefall´ne Haut
Das Sonnenlicht, so warm und weich
Entlockt ihr einen letzten Laut

Ein leises Seufzen voller Glück
Von tiefem Frieden ganz benommen
Wünscht sie sich keinen Tag zurück
Dieser hier, der ist vollkommen

Der Tag erstrahlt in neuem Glanz
Vögel zwitschern zaghaft leise
Begleiten eine Seele ganz
Nun auf ihrer letzten Reise

zwei endlichkeiten

die schwalbe
jetzt im november
getrödelt auf dem domplatz
im sonnenlicht
den zug verpasst

die jahreszeit ist zu warm
der alte auf der holzbank
brotkrumen in zerknitterter hand
der tag ist zu lang
und die nacht hat keinen namen

sie werden den winter nicht überleben

Das Leuchten des Mondes

Die leuchtende Kugel
am Horizont
schiebt gleißendes Licht
taghell
über meinen graudunklen Schlaf.
Geschaffener Glanz
mit Zauberhand.

Selbst meine Trauer,
die goldummantelt
unter schweren Decken liegt,
zeigt sich
für einem Moment
in seinem schönsten,
hell leuchtendem Gewand.

Alte Schatten
werden aufgehellt,
der Schmerz scheint schön.
So lass doch den Mond
für einen Moment verweilen,
bis zum Erwachen
im Morgengrauen.

© Sandra Weiland

Heißer Spätsommertag

Berge tragen breite Kronen
Zarter Morgenschleier.
Auf den Felsen aber thronen
Lauernd schon die Geier

Staubig liegen trockne Wege
Strandhafer am Rande.
Gärtchen haben wenig Pflege
Derzeit auf dem Lande.

Bitterkeit in trocknen Halmen
Schwarzgrünperlengrau.
Weit entfernt die grünen Almen
Hier ist Leben rau.

Mensch und Tiere schwitzen,
Luft voll heißem Staub,
Alte unter Bäumen sitzen.
Linden werfen erstes Laub.

Was die Dürre hat gelassen,
Schneidet heut' die Sense
Jenseits dörflich trockner Gassen.
Mücken zeigen Hochzeitstänze.

Mädchen Erntelieder singen.
Hinterm Hof da klagt ein Pfau.
Stolzer Greifer breitet Schwingen
Einsam hoch im Blau.

Delphine

Wie ward dir Delphin,
so große Tragweite!
Von deinem Gesang tönt
der ganze Ozean.
Wär auch mir vergönnt,
dass ich die Menschen
so beseelen könnt.

Geruch

So leer.
Du,
Lange schon verschwunden, aber
Zu schmecken nach wie vor,
Auf deinem Bett deine
Atmende, nasse Haut.
Zerdrückt noch die Matratze,
Das Tuch in Falten. Weiß.

Dieses Bild, letztes
Allerbestes, dein lachendes
Gesicht nach Vorne, mir
Den Rücken zu,
Die Augen am Geschirr, an
Der Spülmaschine
Und auf den Schultern dein
Leichtfließend gelocktes Haar.

Wolke aus
Schweiß und beißendem Deodorant.

(Warschau, 06.08.12)

... entkommen

ich höre sie,
die schritte der zeit,
auf den stiegen,
manchmal lauter,
ein andermal leiser ...
gemächlich-langsam,
humpelnd-träge,
leichtfüßig-springend,
dann sind es tänzelnde hopser,
die mich narren –

sie bringen mir spiegel,
zersplitterte scherben
vergangenheitsfetzen
filmschnittsequenzen
grell-düster, wild-durchpulst,
hastig wechselnd – bildsplitter
von den gelebten stunden.

die lege ich mir auf den leib
und spüre ihre kälte aus eis
auf meiner weißen haut.
dann öffne ich das fenster...
und im blau des himmels
bin ich final
erinnerungsleer,

ein wesen aus licht ...

Kontraste

Verschmutzt, verkommen.
Doch Blumen in Vielfalt und
Obst auf den Bäumen.
Unermüdlich verzaubert.

Auf einem rostigen Sessel
Sitzt eine alte Frau
Die nur ins Leere schaut.
Wortlos.

Hinter ihr ein alter Baum.
Der trägt schon reife Früchte - stolz
Wenn er nur reden könnte
Zum Trost.

Am Abgrund eine Wasserrinne.
Dort schwimmt
Der Schmutz leise davon.
Das Meer ist noch blau.

Herbstimpression

Jubelworte in ihrer Entwicklung,
vom Sehnentief und tief sehnen,
in der Heimat vom All, das du bist,

du Gemahl von Historie,
zieltest deine Pfeile vom Armor,
in Zerreißprobe vom Band der Schnur,
in mein animus vom Herz, montags,

weil du mein Blattgold beseelst,
die Melodie meiner Ohren bespielst,
die Fülle meines Lebens umschmeichelst,
in der blandus adulatio,

laudem capere,
ohne simulacrum vom Trugbild,
im Oktoberspross,
der unsere Erzählung signierte,
von Preiselbeerenlese im Kusswald
vom Sonntag ohne Sonne.

Zwischen Tag und Traum

Ein dunkler Vogel kreist.
Auf Beute lauert still die Nacht.
Am Rand des Tages hängt
ein Netz, an Träumen festgemacht.

Trugbilder dehnen sich.
Auf schmalem Grat wiegt sich die Zeit,
verführt den müden Sinn
zu träger Willenlosigkeit.

Das volle Netz zuletzt
saugt gierig ein der Schattenmund
und nährt den blinden Schlaf
im schwarzen, nie erreichten Grund.

© Barbara Siwik

Durchhalten und Siegen

Wettkämpfe enden
mit Siegern und Verlierern
Tage, Monate, Jahre
voller Entbehrungen
für nur das Eine
den Sieg

Aufgeben
ein Fremdwort

Auf einem Podest stehend
verschwitzt, keuchend,
strahlend
Beifall
von allen Seiten

Der Lohn
Ehre und Anerkennung
für die Geschundenen
Kampfesgeist und eiserner Wille
brachten sie zum Sieg

Unvergessen
diese Tage, diese Stunden
und Minuten

Der stumme Schrei der Zigarette

Sie schaut aus dem Fenster
wie jeden Morgen
und sieht Frau Müller
die Gosse fegen

Sie kocht das Mittagsmahl
mit besonderer Würze
und hofft doch
das die Asche niemand bemerkt

Sie schaut Ihre Seifenopern
wie jeden Abend
und merkt nicht
dass ihr Mann
sich schon längst
mit einer anderen Seife wäscht

MORGENSEE

fest hüllt kokon die wärme / sie
steht - fühlbar regungslos / und
glimmend messingscheibe matt durchdringt -
nur ahnend ...
jene wattepracht /
die horizont - zum greifen nah - ans ufer bringt ...

die meeresbucht schweigt -
mit ihr die see:
kein rauschen des vergangenen tages / kein
schwappen / plätschern -
wie bleispiegel schwer / quecksilberdecke / so
atmet dünung sanft unter ihr ...
und pudersand mir langsam durch die hände rinnt ...
wie gedämpfte zeit - werde zum kind ...

Stille Wasser

Stille Wasser sind tief,
Sagen die Leute und sehen mich an.
Fragend.
Ich bleibe ruhig, an der Oberfläche,
Wie immer.

Darunter herrscht raue See:
Gedanken, schwarz, entfesselt,
Türmen sich zu Wellen,
Viel zu oft;
Bringen mich ab vom Kurs.
In dunklen, ganz dunklen Stunden
Schlagen Fluten
Zusammen über mir.
Dann sinke ich ins Lichtlose,
Kalt. Eiskalt.

Aber heute
Spüre ich festen Boden,
Wärmt mich die helle Sonne.
Bin gehalten von Erde und Himmel; versöhnt.
Das ist einer
Von den richtig guten Tagen.

Stille Wasser sind einfach nur still,
Sage ich den Leuten und lächele.
Gelassen.
Und nicht ganz ehrlich.

© Heike Knaak

mohnblumenrot

an tagen wie diesen
streichle ich falten
in geheime gedanken
male den duft
von rosensträuchern

an tagen wie diesen
will ich im traume
letzte sonnenschleier
mohnblumenrot
im see versenken

an tagen wie diesen
küsse ich trauerflor
von deinen augen
pflanze ein lächeln
um mohnroten mund

© Gaby Merci

96

der rechen kratzt über den rasen

der rechen
kratzt über
den rasen.
grasnarben,
büschel,
entwurzelt,
gerissen aus
dem erdwerk.
dazwischen
lose blätter:
gold-gelb, braun und
rot gesprenkelt.
der garten
kahl gerecht,
doch noch
schwach
leuchtend.

dabei
riecht's schon
nach schnee.

Belgrad 1999

bleib heut nacht bei mir, mein schatz
deck mich zu mit deiner wärme
tröste mich, die welt ist schlecht
noch ein schlückchen wein für uns

geh nicht raus heut nacht so kalt
grau die stadt und nass und leer
lautlos dunkel kommen sie
und niemand wird dir helfen

wir kennen das
s´wird sich nichts ändern
warum, weiß niemand
will´s auch nicht wissen

bin froh, dass ich noch leb
mit dir hier lieg, mein schatz
komm, lass dich wärmen
denn morgen bist du weg

© Sylvia Dürr

Ausgelaugt

Müdigkeit beherrscht mich,
ausgelaugtes Innenleben,
meine haltlosen Wurzeln
graben nach Glücksstunden.

Es gibt Tage, deren Zeit
sich nicht öffnen lässt,
sie verlebt ungenutzt,

ein Geschenk ohne Sinn.

Schöne Zeiten

Wattebauschflockigleichtes Gefühl
Bleib noch eine Weile
Lass mich beglückt
Diese schöne Zeit genießen
Sommerregenwarmwohlige Liebe
Lass mich leidenschaftlich
Diese Ahnung von Unsterblichkeit küssen

Zwiegespräch

Aber Großmutter was hast du denn für große Augen
Damit ich Dich besser lasern kann
Kochst du mir mein Süppchen heut

Aus den Springerstiefeln wachsen Rosen
Zungenpircing klackert
und die Welt sie tanzt

Gehst du heut auf Bräutefang -
Junge leb nicht nach dem Schwanz
Glück auf Haut was ist das schon

Warte -
bis die große Liebe kommt
Kehrt die Seele mit dem Besen
Mit dem gold´nen
ohne Macken
Nimmt den Totenschädel vom Genick

Es geht ein Biba Butzemann in unserem Kreis herum
Drei mal Drei ist Neune
Du weißt schon wie ich´s meine

an einem wintertag

an einem wintertag
wie diesem wirkt
die straße vor meinem fenster
nur mäßig befahren.

im laufschritt rückt
ein trainierter mann
ins bild
und verlässt es schnell.

die passantengesichter
ähneln grimassen, gekerbt
von der kälte,
mitbewohner, personal
in autobiografischen geschichten.

schnee ergraut
an den rändern der zeit.
stehengelassene automobile
hat er dick eingepackt
in sein schweigen.

es ist
wie in einem traum,
der sich verkleidet hat.
in einen schweren mantel gesteckt
schleppt er am endlosen
inhalt seiner vorstellung.

Neujahr

Ein rascher Glanz
verglüht in Himmelshöhen,
und Funkenregen sprüht herab,
kaum dass er hoch gestiegen,
für einen winzig kurzen Augenblick
auf gleicher Höhe
mit der Sterne Lichterfunkeln,
die unbeirrbar und mit großer Treue
auf ihrem Platz verharren.

So wird zu gleichen Teilen sichtbar,
was steigt und fällt
und schnell verglüht,
und was als Bleibendes bewahrt,
am Firmament ein stilles Leuchten,
die Zeiten überdauert.

© Wolfgang Rinn

Montag im Juli

Mauern sind mit Sonne gesprenkelt.
Zweige nicken mir zu.
Spieglein, Spieglein - lachen
die Pfützen zum Himmel.
Wind weht Boote
hinaus aus dem Hafen.
Ärmellos geht die Stadt.

Heute werfen wir
unsere Zärtlichkeit
im Sekundentakt
aus Herz und Hand.

Nachtwache

Verstreute Luftschlösser
am Abendhimmel,
Abglanz meiner Träume.
Und Sehnsucht säumt
den Reigen der Sterne.

Der Nachtwind wispert
deinen Namen
und ich halte Wache,
lausche deinem Schritt vergeblich,
die Augen von Tränen lackiert.

val di sogno

wenn die dämmerung
graue schleier
über die berge legt

und das flüssige silber
des sees
in nachtblaue tinte taucht

nisten sich
träume ein
im olivenhain

bewacht von
stillen zypressen

werde wohl bleiben

mama mama
schock verwirrung trauma taumel
kein zurück geburt ist auch trennung

mama mama
immer wieder
will sie mir die geschichte
ihres lebens erzählen
mir der ich eingesprungen
vertretend kaum zeit
habe die akten zu aktualisieren
auf dieser station
mit der überall gleichen software vertraut
sonst vieles neu in zeiten des mangels
auf wunsch könnte ich bleiben

mama mama
beenden die ortlosigkeit
mama höre ich sie geboren in prag
wie ich lese abgeschoben während der feiertage
von angehörigen
mama mama
klagt sie mahnt sie
soll ich anders dosieren
die schmerzmittel wechseln

mama mama
als beschwörte mama betete mama
sie um das wunder der erhörung
als riefe sie eine gottheit an
aber dann sitze ich entschleunigt
an der bettkante
mama ruft die 90-jährige zahnlos lächelnd
in richtung meines bartes schmeichelnd

mama mama
und ich halte ihre hand
sage - hier

Die jüngste Jahreszeit

Diesen Morgen
erwachte ich
zu den Klängen der jüngsten Jahreszeit
noch trägt der Himmel
grauen Seidenschal
wartend auf den Weckruf
Sprungfeder
Auftakt
zur Sonate in A-Dur
sie spielt sich fast von selbst
zittert schon
an den Fransen meiner Fingerspitzen
Zeit zum Erwachen
Zeit für Wandlung

Im Gedenken alter Freunde

Ich bin alleine, bin im Dunklen
und mir dabei stumm gewiss,
dass woanders Menschen munkeln,
die die Welt mir einst entriss,
die ich einmal Freunde nannte
und mir nun wie Fremde sind.
Ich weiß, das alles Unbekannte
an Bedrohlichkeit gewinnt,
wenn es zwar dem Blick verborgen
ist, doch dabei von Gewicht.
Längst zu gestern wurde morgen.
Heute bleibt mir dabei nicht.

spuren legen

jetzt zieh dich aus
das meer in kurzen wellen
knallt an den strand
und landschaft fliegt
auf gelben blättern

jetzt zieh dich aus
der wein wird rot und fällt
ins glas beim ersten frost
wenn spät dann
hängt ein purpurblatt im hang
und es ist zeit

ein zimtstern glüht
dann zieh dich aus
ich hab das tiefe blut dir eingeschenkt
trink trink wir mischen unsere säfte
erstarrt die landschaft und im see
schlafen summend spiegelkarpfen

wir tauen linien in das eis
schreiben worte
mit unseren heißen körpern

Der Augenblick

Dem Tag in Zeitlupe zu folgen
von Augen-Blick zu Augen-Blick,
im HIER und JETZT, im NUN geborgen.
Dem Tag in Zeitlupe zu folgen
und gutgesinnt dem nächsten Morgen
genießen DERZEIT Stück für Stück.
Dem Tag in Zeitlupe zu folgen
von Augen-Blick zu Augen-Blick.

Lyrik aus dem Sperling-Verlag

Randerscheinung	**wortgefecht**
Lyrik	Lyrik
120 Seiten, Softcover	136 Seiten, Softcover
978-3-942104-08-1	978-3-942104-18-0
€ 8,90	€ 9,80